LULA LÁ PARTE 2: A (SU)CESSÃO

DEVIR LIVRARIA

Publisher: **Mauro M. dos Prazeres**
Diretor Geral: **Walder Yano**
Diretor Editorial: **Douglas Quinta Reis**
Editor: **Leandro Luigi Del Manto**
Revisor: **Marquito Maia**
Diagramação: **Benson Chin**

BRASIL
Rua Teodureto Souto, 624 – Cambuci
Cep 01539-000 – São Paulo – SP
Fone:(0xx) 11 2127-8787 – Fax: (0xx) 11 2127-8758
E-mail: hqdevir@devir.com.br – Site: www.devir.com.br/hqs

PORTUGAL
Pólo Industrial Brejos de Carreteiros,
Armazém 4, Escritório 2 – Olhos de Água – 2950-554 Palmela
Tel: 212 139 440 – Fax: 212 139 449
E-mail: devir@devir.pt – Site: www.devir.pt

1a edição: Novembro de 2010
ISBN: 85-7532-450-9

Produzido e Editado por **Jacaranda**

Edição, Capa e Planejamento Gráfico
Chico Caruso e **Toninho Mendes**

Editoração Eletrônica e Tratamento de Imagens
Eros Lima, **Marcelo Pio, Eliana Caruso e Reneé Correia Rocha**

Dados Internacionais de Catalogação na Publicação (CIP)
(Câmara Brasileira do Livro, SP, Brasil)

Caruso, Chico
Lula Lá : parte 2 : a sucessão / Chico Caruso. --
São Paulo : Devir, 2010.

ISBN 85-7532-450-9

1. Charges I. Título.

10-11796 CDD-741.5

Índices para catálogo sistemático
1. Histórias em quadrinhos 741.5

LULA LÁ

PARTE 2: A SUCESSÃO!

Charges publicadas
no Jornal O GLOBO,
entre 2006 e 2010

5 de novembro de 2010

Um sucesso, a sucessão. Mais que sucessão, a cessão (de bastão) de Da Silva para "La" Roussef representa várias transformações: de gênero (masculino para feminino), de grau (primário para o superior), e de número (do singular "pai de todos" para a plural "mãe do PAC" e do "salve-se quem puder"!).

Claro que isso tudo não se fez num dia, nem num primeiro turno... Dos escândalos do mensalão (que derrubaram Dirceu) ao da violada no caseiro (que derrubou Palocci), tratados no livro anterior ("Lula lá, parte 1: a (o)missão") – haja parênteses!

28 de agosto de 2007

Dos parentes de Erenice à crise no Senado de Renan e Sarney; do apagão de Lobão ao da oposição, muita água turva passou em baixo dessa ponte. Agora, como cordeiro olhando o lobo, podemos contemplar essa parte de nossa história corrente em forma de caricatura política, sem dúvida a mais adequada para enfrentar os anos que virão, e, andando para trás, tentar responder à momentosa questão: como isso tudo começou?

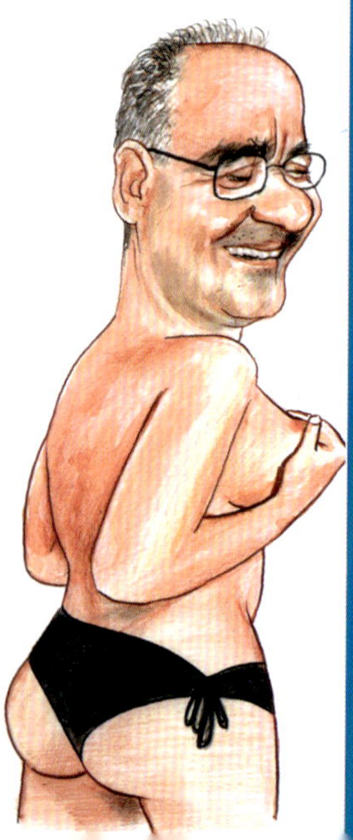

A política, como tudo na vida, começa em casa. A maneira como Luiz Inácio Lula da Silva sempre tratou seus irmãozinhos social-democratas dá uma ideia do que foi a política familiar na casa dos Da Silva. De Vavá a FH, Lula não dá colher de chá: está convencido de que nunca antes na História deste país aconteceu nada tão importante quanto ele mesmo!

13 de junho de 2007

Por sinal, o mesmo pensamento de seu antecessor, que, talvez por sofrer na carne a comparação dos índices de popularidade, não pode negar a existência do estrondoso sucesso do sucessor. Lula poderia chamar Getúlio, ou o Papa, ou Pelé, de companheiro. FH teria de chamar o Lula, como Perón fez com Getúlio, de professor ("maestro!", em castelhano).

ESSE É O CARA

– ...Aí o papagaio chegou pro curió e disse...

Isso talvez venha da inteligência bipolar que, como líder sindical, nosso metalúrgico teve de desenvolver: como um torno, sempre girando entre o pólo positivo e o negativo, os de cima e os de baixo, em velocidade cada vez mais alta, dizendo o que todos querem ouvir, os de cima os de baixo, os do meio, todos, enfim. E é claro que, se tivéssemos de escolher entre ouvir qualquer de nossos ex-presidentes ou Lula, escolheríamos Lula. Ou quem ele escolher, como foi o caso, aqui e agora...Talentoso palanqueiro, forjado em assembleias obreiras, envernizado por estudantes e padres progressistas, o verbo-propulsivo líder de massas chegou onde quis.

16 de março de 2008

8 de março de 2008

27 de março de 2008

Em compensação, a oposição, na descapilarizada figura de José Serra, chegou onde não quis. Chegou ao segundo turno, sim, com a inestimável ajuda verde de Marina Silva, mas mais não foi.

– Como é que a gente sai dessa?

Como mineiro chileno esperando ajuda que não veio, sem um amigo sequer para ser vice - se bem que, vice por vice, o dele era mais bonito - o candidato mais preparado para ser presidente não estava preparado para ser candidato. Fez tudo que podia fazer de errado, atrasou o lançamento, impediu prévias, detonou Aécio, pra quê? Pra nada, pra ameaçar a social-democracia com um "até logo..." Ora, a social-democracia brasileira são o PT e o PSDB, mas eles não se dão por que são paulistas! Quem pode dar um jeito nisso? Aécio, que é de Minas? Dilma, que é de Minas, Rio Grande do Sul e da Bulgária?

Isso tudo já é assunto para o próximo livro, já que este aqui é apenas pra tentar mostrar, com graça e humor, porque a gente chegou onde chegou. Onde isso tudo vai dar? Quem viver verá. Mas quem quiser saber como tudo começou, pode começar por aqui. Bon apetit!

Chico Caruso, novembro de 2010

13 de outubro 2010

– Sobe?

31 de janeiro 2010

4 de novembro de 2006

E no sétimo dia descansou. Depois de engolir o chuchu no segundo turno, o presidente reeleito vai para o repouso do guerreiro, de onde só desperta ao ver o figurino da "Garota de Inema"...

ENTREOUVIDO EM INEMA

– Quero que tragam esse figurinista aqui, na minha frente, agora!

6 de novembro de 2006

É hora de sair jogando...

5 de novembro de 2006

1º de março de 2007

15 de março de 2007

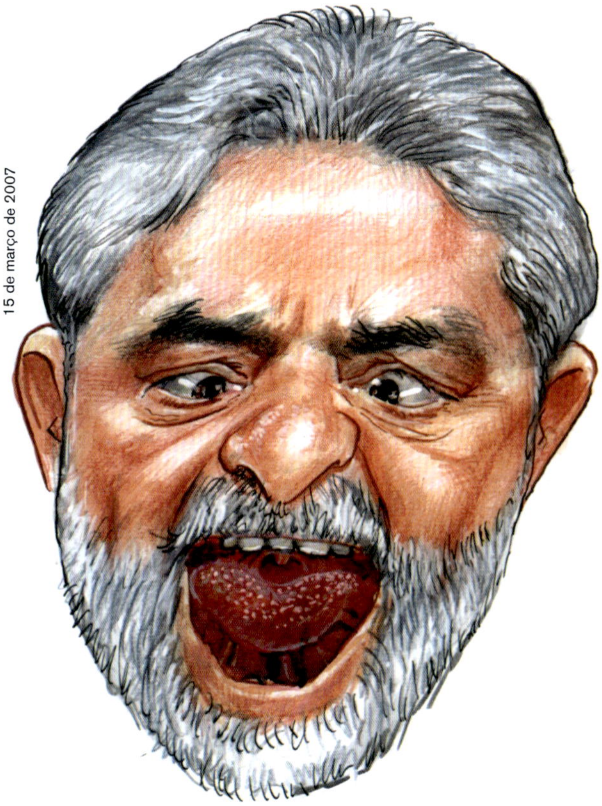

– Língua presa, mas cada vez mais solta...

E assim, em latinoamérica, os quatro rapazes – não de Liverpool, mas, digamos, do Liberopopulismo – começam a atravessar a nova rua da amargura. Lula, soltando a língua presa, espera manter a dianteira...

EM ÍNDIA COMO OS INDIANOS...

9 de junho de 2007

27 de junho de 2007

Mas logo a Operação Navalha, pros lados do PMDB de Renan Calheiros, começa a exigir sabedorias exóticas...

14 de junho de 2007

14 de junho de 2007

17 de junho de 2007

10 de junho de 2007

Com sua experiência em confecção de inimigos, Renan fareja algo no ar, além, dos aviões de carreira...

31 de maio de 2007

– Sei não, presidente... Sinto que tem muita gente querendo me ver pelas costas!

ENTREOUVIDO NO SENADO FEDERAL

1º de junho de 2007

– Calma, Renan, também não precisa radicalizar...

No ombro amigo do logo depois falecido deputado Clodovil Hernandez, Renan encontra alegre solidariedade...

DECORO PARLAMENTAR (HOJE)

– Nunca se sabe...

2 de junho de 2007

OMBRO AMIGO DE DUPLO SENTIDO

– Renan querido, por que a gente não larga a vida pública de uma vez e vai pra privada?

5 de junho de 2007

"Acorda, meu amor, é hora de trabalhar..."
Como na música, uma hora nossos heróis
tem de pegar no batente...
ou, pelo menos, parecer que estão tentando!

25 de fevereiro de 2007

E NA SEGUNDA-FEIRA...

18 de junho de 2007

– Bom, agora chega...vamos trabalhar, vamos trabalhar.

ENTREOUVIDO NO BAIXO-BRASÍLIA

– Garçom! Eu quero o mesmo que aquela turma tomou...

15 de junho de 2007

19 de julho de 2007

O trágico acidente com o avião da Tam, em São Paulo, acaba comprometendo o ministro responsável pelas Forças Armadas, Waldir Pires.

ENTREOUVIDO NO PLANALTO

– Abre o olho, Waldir Pires...

7 de dezembro de 2006

PERGUNTAS CORTANTES

– Crise? Que crise?

13 de abril de 2007

14 de agosto de 2007

Novo animal na floresta: o dublê de ministro da Defesa e Aeroporto, Nelson Jobim.

5 de novembro de 2007

SOLTANDO OS BICHOS

18 de outubro de 2007

Os santos do novo ministro da Defesa
e da Casa Civil parecem não se cruzar...

SOBRAS DE CAMPANHA

– Quer trocar?

16 de outubro de 2007

ENQUANTO ISSO, NO HAITI...

De jurista de resultados a ministro da Defesa entendido em aviação, afinal, de que Jobim estará a fim?

E, ao sul do Equador, o populismo começa a mudar de sexo: a senhora Kirchner é eleita.

11 de dezembro de 2007

28 de outubro de 2007

– Por que non te casas?

6 de agosto de 2008

ENTREOUVIDO EM TEERÃ

19 de novembro de 2007

– Isto é apenas o começo de uma terrível amizade...

E o bolivarianismo de resultados inventa a amizade descolorida: de cinza fechado, Mahmoud Ahmadinejad!

CATILINÁRIA ATUAL

– "Quosque tandem, Hugo Chávez, Ahmadinejad patentia nostra" (Até quando Hugo Chávez, Ahmadinejadarás nossa paciência?)

20 de novembro de 2007

DIPLOMACIA, AINDA QUE TARDIA

– Espere aí, também não é assim... Eu disse "por que não te calllas", mas no bom sentido...

16 de novembro de 2007

30 de novembro de 2007

1º de dezembro de 2007

Para a primeira grande batalha do novo mandato, pela manutenção da CPMF, Lula convoca a tropa...

2 de dezembro de 2007

– Vamos lá! Vamos conquistar a audiência!

Não se brinca em serviço: até os adversários servem para tentar manter o imposto sigla...

SOLTANDO OS CACHORROS

– Isca! Pega! Pega quem é contra a CPMF!

7 de dezembro de 2007

CPMF: O QUE SIGNIFICA?

– **C**eis **P**odem **M**e **F**errar!

23 de outubro de 2007

CPMF: O QUE SIGNIFICA?

– **C**omo **P**odereis **M**e **F**inanciar?

24 de outubro de 2007

– Só não digo que a oposição me encheu o saco, porque ela fez exatamente o contrário...

23 de dezembro de 2007

17 de dezembro de 2007

Não deu... e não há plano B. Com o C do Congresso atacado por escândalos, não vai ser fácil...

15 de outubro de 2007

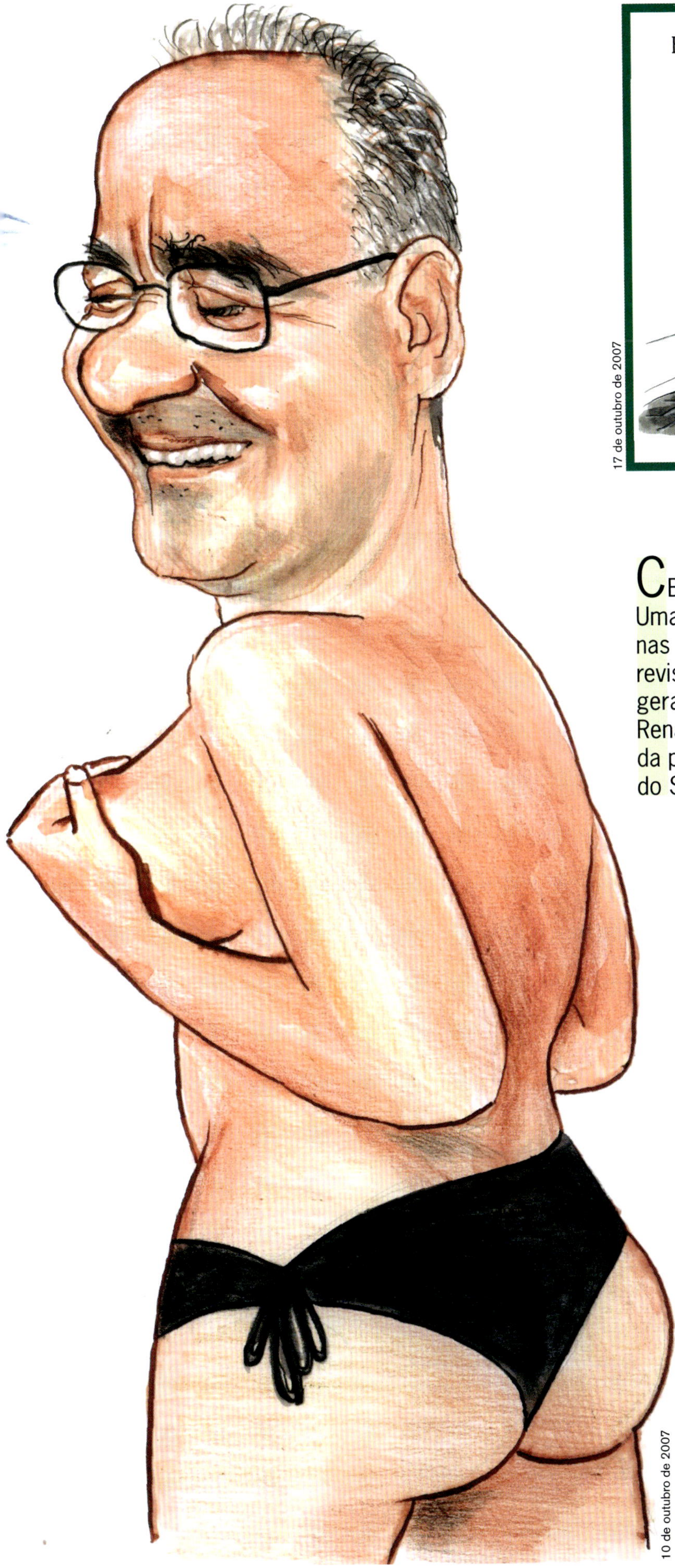

17 de outubro de 2007

CBF, CPMF, SIFU...
Uma ex-gestante nas páginas da revista Playboy gera a saída de Renan Calheiros da presidência do Senado.

10 de outubro de 2007

12 de outubro de 2007

12 de dezembro de 2007

18 de dezembro de 2007

Cara nova,
velha proposta:
Garibaldi Alves.

13 de dezembro de 2007

NO FLAGRANTE, O ENCONTRO DO MOVIMENTO DOS "SEM-TOPETE" COM OS "TOPETUDOS"

11 de janeiro de 2008

E para implantar uma nova moralidade, mais uma novidade: implante capilar!

DE REPENTE, ENTRE OS COM-TOPETE E SEM-TOPETE... OS SEM-VERGONHA!

– Ficou lindo! Agora me empresta o seu hidrante?

12 de janeiro de 2008

ENTÃO, FOI PRA ISSO QUE FIZERAM A REVOLUÇÃO:

– Ser ou não ser... careca, eis a questão!

13 de janeiro de 2008

DEPOIS DOS
"BANANAS DE PIJAMA",
VÊM AÍ OS
"LÊNIN DE TOPETE";
AULA MAGMA
DO COMPANHEIRO DOUTOR
JOSÉ DIRCEU
SOBRE O TEMA:
"O QUE FAZER?"

– Trabalhadores, uni vossos cabelinhos da nuca e transplanta-os para a testa; nada tendes a perder senão vossa clavície, uai!

Vaidade,
teu nome já
foi mulher.
Agora é Dirceu!

13 de janeiro de 2008

VELHAS PROPAGANDAS

– Olá, lembram de mim? As acusações continuam as mesmas, mas os cabelos...

26 de janeiro de 2008

CRISE? QUE CRISE? CONSULTE O CONSULTOR?

– Peraí! Ninguém vai arrancar os cabelos de ninguém por causa de coisa nenhuma!!!

23 de janeiro de 2008

22 de janeiro de 2008

Começou a crise americana, cabelos em pé!

14 de janeiro de 2008

20 de fevereiro de 2008

– Vai que é tua, Raul!

21 de fevereiro de 2008

UM SLOGAN PARA RAUL

– Nenhum homem é uma ilha,
nem uma ilha é um homem!

27 de fevereiro de 2008

Balança, Cuba: Fidel, que já havia tropeçado e caído no livro anterior, deixa o poder para o irmão, ao se submeter,como à ilha, a uma delicada cirurgia intestinal.

17 de janeiro de 2008

Criador e criatura, o cavaleiro da agora triste figura recebe a visita de sua caricatura...

21 de janeiro de 2008

– Gigantes!
– Moinhos de vento...

SUVENIR

20 de janeiro de 2008

– Mais uma, pro Fernando Henrique...

4 de março de 2008

– Esperem aí! Vocês não preferem tomar um cafezinho?

E, em latinoamérica, vizinhos vão latindo um para o outro. A Venezuela de Chávez, a Colômbia de Uribe e o Equador de Correa parecem dizer: "Amorim, Amorim, se não fosse você, o que seria de mim!"

FALA AMORIM

– Acho que agora vou querer aquele cafezinho...

6 de março de 2008

FALA AMORIM

– Na diplomacia, às vezes, a ausência é a melhor presença!

7 de março de 2008

Assoberbado por tarefas incontáveis, de maus-tratos a brasileiros na Espanha a questões de geopolítica em geral, o trabalho de Amorim não tem fim...

AINDA A DIPLOMACIA: TRABALHA, TRABALHA, CELSO!

8 de março de 2008

– Segurem aí, que eu vou ali chutar uns espanhóis e já volto...

11 de março de 2008

13 de março de 2008

E NO SÉTIMO DIA...

9 de março de 2008

19 de janeiro de 2008

29 de janeiro de 2008

Novo (?) animal (!) na floresta: apadrinhado por Sarney, Edson Lobão assume as Minas e Energia com apetite de gente grande...

FANTASIAS DO LOBÃO: VOVOZINHA

3 de fevereiro de 2008

– Realmente, preciso aparar um pouco essas unhas...

É hora de começar a pensar no futuro: é o PAC na cabeça!

"COELHINHA DO PAC, QUE TRAZES PRA MIM?"

23 de março de 2008

8 de maio de 2008

– O que você vai
fazer quando crescer?

15 de maio de 2008

GRAU DE INVESTIMENTO: A BOA NOTÍCIA

– Presidente, agora o Brasil é um país sério!
– Cê tá brincando...

2 de maio de 2008

Favorecido pela moeda estável e o dólar baixo, o Brasil acaba ganhando o Investment Grade, seja lá o que isso for!

EM BRASÍLIA, NOVO FENÔMENO METEREOLÓGICO

4 de maio de 2008

– Céu azul com nuvenzinhas cor-de-rosa...
Interessante!

Os ex-companheiros morrem de inveja e vergonha...

ALEGRIA, PESSOAL!

– Já sei! Vamos brincar de "quem-foi-que-acabou-com-a-dívida-externa?"

BRINCANDO EM CIMA DAQUILO

– Poderíamos brincar também de "quem-estudou-menas-pra-se-dar-melhor-aqui?"

E o Plano de Aceleração do Crescimento (PAC), vai seguindo sua marcha, não sem uma casca de banana aqui, outra ali, atirada por gente que acha que deveria estar ali, no lugar da mãe do dito cujo...

E AINDA DO BALCÃO NOBRE DAQUELE TEATRO PERTO DE VOCÊ...

CARAS NOVAS

17 de maio de 2008

Carlos Minc, ministro do Meio Ambiente

MINC: PRIMEIRAS PROVIDÊNCIAS

– Alô, Ziraldo?
Tem coletes para me emprestar?

18 de maio de 2008

TOMANDO CIÊNCIA

– Ô, Minc, o pessoal tá dizendo aí que eu te chamei pra cuidar do meio ambiente, mas não é verdade: eu quero que você cuide do ambiente inteiro!

19 de maio de 2008

Marina Silva deixa o Ministério do Meio Ambiente, achando que já está madura para ser verde. Minc aceita a vaga, achando que terá ambiente...

Com Minc no meio ambiente e Mangabeira no curto prazo, a certeza de emocionantes aventuras...

25 de maio de 2008

– Poluidores, tremei, mas aguardai um pouquinho!

23 de maio de 2008

– Mangaba!

29 de maio de 2008

Lula e Sérgio Cabral Filho descobrem afinidades paternofiliais...

E NAS RUAS DE PARIS...

22 de maio de 2008

CAMINHAR JUNTOS, SEGUNDO PASSO

– Eu dirijo!

13 de novembro de 2008

MANEIRAS DE ENCERRAR CARREIRAS

8 de fevereiro de 2008

Na tribuna

No palanque

Nas coxas

No Rio de Janeiro, a administração César Maia, com os dias contados, tem um ataque de dengue...

23 de março de 2008

20 de março de 2008

3 de abril de 2008

6 de abril de 2008

O mosquito, afinal, será federal, estadual ou municipal?
Os três, não levem a mal!

A BANDA "CARAS-PÃO-E-CORDAS" ORGULHOSAMENTE APRESENTA...

21 de março de 2008

– "A sinfonia do mosquito".

Espionagem no Planalto cria um novo eufemismo: banco de dados. Responsáveis: Dilma ou Erenice? (Guardem esse nome...)

EXORCISMO DUPLO

8 de setembro de 2008

– FH, larga esse corpo que não te pertence...
– Larga você este cargo que me pertenceu!

NOVOS OBJETOS POLÍTICOS

1º de abril de 2008

"Banco de dardos"

ENQUANTO ISSO, NAQUELE NOSSO MUSEU DE HISTÓRIA NATURAL...

4 de abril de 2008

Muitas coisas vão pra baixo do tapete, menos as indenizações milionárias da anistia, (no caso do Jaguar, merecida...)

ENTREOUVIDO NO CALVÁRIO
DOS NOVOS MILIONÁRIOS DA IMPRENSA

– Ô, Ziraldo... por que no te callas?

10 de abril de 2008

APOSENTADORIA ESPECIAL
– EFEITO COLATERAL

– Alô, Ziraldo?

11 de abril de 2008

6 de maio de 2008

Se até os nossos maiores craques dão bola fora, que esperar dos políticos?

7 de maio de 2008

TODOS OS HOMENS DO PRESIDENTE

13 de abril de 2008

Carlos Lupi, ministro do Trabalho.

15 de abril de 2008

Luiz Marinho, ministro da Previdência.

17 de abril de 2008

Ricardo Berzoini, presidente do PT.

DEBATE DE ALTO NÍVEL

30 de abril de 2008

– Bonito terninho, Ricardinho!
– O seu também, Luiz Marinho...

PODEROSOS CHEFÕES

Aqui, alguns dos componentes da nova nomenclatura... A cosa nostra do sindicalismo de resultados!

29 de abril de 2008

Don Ricardo Berzoini, do PT

NA GAIOLA COM CACCIOLA

9 de julho de 2008

– Já sei: deu zebra!

O bom filho (...) à casa torna: "– Cacciola! Volta, que aqui é o seu lugar..."

QUER JUSTIÇA RÁPIDA? RECORTE E COLA!

10 de julho de 2008

– Bota o Cacciola na gaiola!

CASO CACCIOLA: PREPARANDO A GAIOLA

15 de julho de 2008

Recebido com tapete bicolor pelo presidente que alardeia: lugar de rico também é na cadeia!

17 de julho de 2008

NA GAIOLA COM CACCIOLA: PASSATEMPO

– Xadrez.

23 de julho de 2008

O DIA A DIA NA GAIOLA DO CACCIOLA

– Estendendo roupa na corda.

24 de julho de 2008

11 de julho de 2008

15 de agosto de 2008

12 de julho de 2008

Mas há ricos e ricos; como separar alhos de bugalhos?

13 de julho de 2008

DE REPENTE, NO NINHO DO PÁSSARO...

8 de agosto de 2008

– Começou!

Começam os jogos na China, e o mundo se pergunta: como é que eles fazem isso?

SEM PALAVRAS

9 de agosto de 2008

ENTREOUVIDO NO FECHAMENTO DA ABERTURA DOS JOGOS

– Humpf... com tiro na nuca, até eu...

10 de agosto de 2008

1º de setembro de 2008

Com a Era Bush em fim de festa, novas lideranças se apresentam no cenário mundial – não sem divergências internas...

25 de setembro de 2008

MODESTAMENTE!

26 de setembro de 2008

– Ai, meus Deus... Será que eu vou ter de ser presidente dos Estados Unidos também?

E NA GEOPOLÍTICA DO CRÉU...

27 de setembro de 2008

– Que é isso, companheiro Correa? Imperialistas são os outros!

GEOPOLÍTICA DO CRÉU (2)

31 de setembro de 2008

– Amigos, amigos, referendos à parte...

TRAJES DE GUERRA

1º de outubro de 2008

– Grrr...

ENQUANTO ISSO, NO FLAMENGO...

No Rio de Janeiro, as novas (?) lideranças se apresentam de sunga...

8 de outubro de 2008

11 de outubro de 2008

9 de outubro de 2008

– Vamos entrando, não repare a bagunça!

11 de novembro de 2008

VAI, OBAMA!

– Empurra que pega!

12 de novembro de 2008

Escolhendo Hillary Clinton para secretária de Estado, Obama começa a enfrentar oposição...

COM A PALAVRA, OBAMA:

– Me deu um branco...

20 de novembro de 2003

AINDA OBAMA:

– A coisa está preta...

21 de novembro de 2008

23 de novembro de 2008

COMEÇOU A OPOSIÇÃO!

– Racista!

16 de novembro de 2008

COMEÇOU A OPOSIÇÃO!

– Querida, posso explicar!

22 de novembro de 2008

1º de dezembro de 2008

3 de dezembro de 2008

ENQUANTO ISSO, PASSEANDO COM SEU PIT-BILL...

8 de dezembro de 2008

PIT-BILL & SHIT-BULL

19 de dezembro de 2008

– Oi, colega...

Mulheres fortes, maridos fracos... e o jornalismo participativo dá a George W. a última lição: "the shoes must goes on"!

16 de dezembro de 2008

– Obrigado, obrigado...

17 de dezembro de 2008

13 de janeiro de 2009

Aqui entre nós, a mãe do PAC resolve se empacotar melhor...

– É... É grave a crise.

30 de novembro de 2008

DÁ-LHE: DILMA!

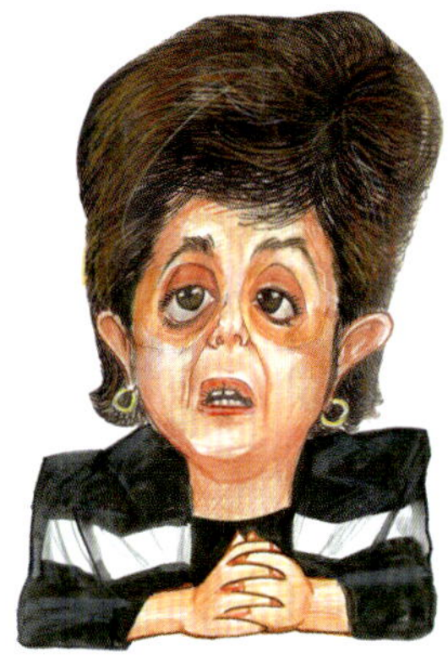

– Nós entendemos serem necessárias medidas de apoio ao PAC. Então tiramos os óculos e passamos um batonzinho!

26 de novembro de 2008

POLÍTICA: A ARTE DA MAQUIAGEM

– Ô, Dilma, empresta o batom?

27 de novembro de 2008

POLÍTICA: A ARTE DA MAQUIAGEM (2)

– Empresta logo esse batom, companheira Dilma.
– E o pó de arroz!
– E os brincos!

28 de novembro de 2008

MAQUIAGEM JÁ: AMPLA GERAL E IRRESTRITA!

– Agora eu! Agora eu!

29 de novembro de 2008

ENTREOUVIDO NO SALÃO

– Então foi pra isso que fizemos a revolução?
– Uai... Não foi não?

15 de janeiro de 2009

ENTREOUVIDO NO SALÃO

– Então foi pra isso que fizemos a revolução?
– Não, não... Ainda falta a lipoaspiração.

17 de janeiro de 2009

ENTREOUVIDO AINDA NO SALÃO

– Hummm, esse esmalte é lindo de ganhar eleição!

16 de janeiro de 2009

ANO NOVO! CARA NOVA!

– Mas também não precisava exagerar...

14 de janeiro de 2009

Ética ou estética?
Estica, puxa,
implanta e solta!

27 de janeiro de 2009

CARA A TAPA

– Quem vai encarar o cara?

16 de abril de 2009

CARA A CARA

– Qual o cara com melhor cara para encarar o cara?
– Humpf... "Beleza não põe mesa"!

22 de abril de 2009

MOTIVOS PARA RISO

– Vice, eu? Ah, ah, ah!
– Prévias, eu? Ah, ah, ah!

22 de maio de 2009

No reino tucano, bicudos não se beijam...

SEGUE O JOGO

– Companheiras e companheiros, eu não sei pra vocês, mas pra mim... embaralhou geral!

27 de abril de 2009

ENTREOUVIDO INTERNACIONAL

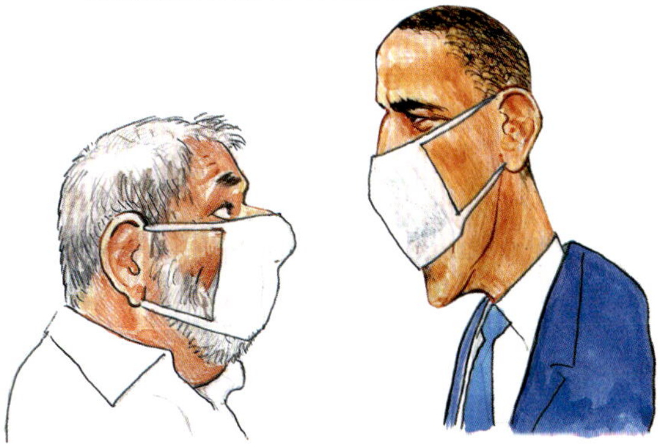

– Hummmff?!

3 de maio de 2009

– Mais essa agora...

28 de abril de 2009

A porcaria vem pelo ar: gripe suína! E na mais alta corte, suprema baixaria: ministros se estranham...

NOVAS LITURGIAS

"Rodando a suprema baiana."

25 de abril de 2009

PACIFICAÇÃO SUPREMA

– Calma aí: quem for homem cospe aqui!

24 de abril de 2009

5 de maio de 2009

— Ah, Ahmadinejacá não vem...
- Alá é grande!!!

Há malas que não vêm para bem: quando Ahmadinejad refuga de visita programada, que alívio...

DIPLOMACIA PARASSIMPÁTICA PARA ANTIPÁTICOS

– Tudo bem, fica pra próxima, a gente se vê por aí...

6 de maio de 2009

NO ITAMARATYNÁGUA..

– Se Ahmadinejánãoveio, ligue Lugo!

7 de maio de 2009

– Eu estou me lixando para a opinião pública!

9 de maio de 2009

– Onde está a opinião pública que não reage?

11 de maio de 2009

E o trabalhismo gaúcho, quem diria, acabou não no lixo, mas na lixa, se lixando pra opinião pública...

E NO BANQUETE DOS CARDEAIS...

– Nós vamos engolir isso?

12 de maio de 2009

MATURIDADE POLÍTICA 2009

21 de maio de 2009

– Agora também não brinco mais!

Do castelo de sonhos ao salamão fundido, tempos de fundição...

EM TEMPOS DA CPI DA PETROBRÁS...
SAIU O SALSICHÃO PERDIGÃO + SADIA!

– Ô, Serra! Ô, Aécio! Querem experimentar?

19 de maio de 2009

ENTREOUVIDO NAQUELE PAÍS QUE
PARECE UM PRESUNTO:

– É... estamos fundidos!

20 de maio de 2009

4 de novembro de 2008

Os bancos! Até os bancos estão fundidos!

ENTREOUVIDO ENTRE BANQUEIRO
(NO SILÊNCIO DO DEPOIS...)

7 de novembro de 2008

- E aí, foi bom pra você também?
– ...Er... Posso responder no balanço que vem?

E NO ANO DA FRANÇA NO BRASIL

3 de junho de 2009

– Estamos no mesmo voo...

10 de junho de 2009

Air France,
voo 447,
228 pessoas
desaparecem
numa viagem
noturna
para Paris.
Oportunidade de
ouro para uns e
outros tentarem
aparecer...

2 de junho de 2009

4 de junho de 2009

7 de junho de 2009

24 de maio de 2009

25 de maio de 2009

– Calma que passa...

Dívidas e dúvidas no ar, até sobre a Petrobrás... onde isso vai parar?

LOGROTIPO

26 de maio de 2009

ENTREOUVIDO NO RECÔNDITO DO DRUMMOND DE PIRACUMÃ

Ainda em junho, a crise no Senado tem bigode – embora ache que não é nada com ele...

17 de junho de 2009

– Essa crise no Senado não é minha, não é minha essa crise do Senado!

– Essa crise não é minha!

18 de junho de 2009

SÓ FALTA ESSA

– Mas esse bigode não é meu!

23 de junho de 2009

4 de julho de 2009

Saindo em defesa de Sarney, Lula retira o provecto senador do convívio com os demais cidadãos: o bigode estaria acima do bem e do mal...

2 de julho de 2009

POETANDO E SENTANDO
(E CITANDO CARLOS
DRUMMOND DE ANDRADE)

– "tem poucos e raros amigos o homem atrás dos óculos e do bigode". Só que um deles tem oitenta por cento de popularidade.

5 de julho de 2009

O IMPÉRIO (DO MARANHÃO) CONTRA-ATACA

– Ficam suspensos todos os atos secretos do Senado, inclusive os sexuais, por trinta dias fora o mês...

14 de julho de 2009

15 de julho de 2009

Segurando firme na cadeira, o Maranhão (ou será o Amapá?) continua na presidência do Senado....

BOTANDO O DEDO NA FERIDA

– Quem, eu?!?

24 de junho de 2009

3 de julho de 2009

NO FLAGRANTE, MAIS UM ATO SECRETO DO SENADO

O senador tucano Arthur Virgílio tenta por o dedo na ferida e leva uma dedada: viagens e despesas médicas pagas para a mamãezinha, com nosso dinheirinho, fazem o amazonense repor o ervanário...

6 de julho de 2009

Segue o baile... funk!

INDIGNAÇÃO MORAL E CÍVICA NO SENADO

– Isso não pode ficar assim: não tem uma cervejinha?

17 de julho de 2009

INDIGNAÇÃO MORAL E CÍVICA NO SENADO

– Isso não vai ficar assim: pendura a conta?

19 de julho de 2009

FINA ESTAMPA

Agosto, mês de cachorro louco!

4 de agosto de 2009

"POWER POINT"

– E como prova de minha inocência, mostro agora um lindo retrato de minha netinha...

6 de agosto de 2009

Começa agosto e o baixio das bestas parece querer justificar-lhe a fama...

ENTREOUVIDO NAQUELA CASA DE INTOLERÂNCIA

– Façam suas apostas, senhores! Na minha mão é mais barato! É pra ajudar a minha neta!

7 de agosto de 2009

Bigode frio, panos quentes...

SOLUÇÃO CASEIRA

21 de julho de 2009

COM A BOCA NA MARAJOARA BOTIJA

– Alô, telefonista? Caiu a ligação...

– ...mas essa cumbuca não é minha!

23 de julho de 2009

24 de julho de 2009

COMUNICAÇÃO DIRETA É ISSO AÍ:

– Brasileiras e brasileiros, para aumentar a comunicação direta com vocês, criei uma página na Internet. Anotem o endereço: JOSESARNEY@VOCÊS!

18 de agosto de 2009

ENTREOUVIDO ENTRE BIGODES

– Sabe que eu acho que esse troço dá azar?

15 de agosto de 2009

A crise tem bigodes, mas não põe as barbas de molho:
Suplicy puxa o cartão vermelho para Sarney !

ENTREOUVIDO NAQUELE SALÃO AZUL

28 de agosto de 2009

– Cartão vermelho só agora? Demorou, Suplicy!
– Mercadantes tarde do que nunca, Sarney...

É demais até para Marina, que sai do PT para o PV...

20 de agosto de 2009

21 de agosto de 2009

Mercadante tenta acompanhar, mas está irrevogavelmente preso a Lula e ao PT....

PTIMOLOGIA (SEGUNDO MERCADANTE)

24 de agosto de 2009

CHICO

Neste espaço deveria estar uma caricatura do senador Aloizio Mercadante, mas o caricaturista achou que nem precisa mais...

22 de agosto de 2009

ENTREVISTA COM UM PORTEIRO DO PLANALTO

25 de agosto de 2009

– Nós gravamos tudo aqui, quem entra, quem sai, fica tudo registrado de maneira irrevogável!

9 de setembro de 2009

6 de setembro de 2009

O GRITO, 2009

7 de setembro de 2009

– Independência ou cartão vermelho!

QUEM MELHOR DEFINIU O SENADO BRASILEIRO FOI O CHICO ANYSIO:

27 de agosto de 2009

O cartão sai de cena, mas valores mais altos se alevantam...

– Só tem tantã! Só tem tantã!

27 de agosto de 2009

JÁ, JÁ AHMADINEJAD TAÍ

– Venho vindo, venho vindo...

22 de setembro de 2009

23 de setembro de 2009

Quem não vinha, chegou: o homem de cinza, Mahmoud Ahmadinejad vem sem dizer a que veio...

24 de novembro de 2009

– Aqui entre nós, o Ahmadinejad é até fofo!

QUEM MELHOR DEFINIU O SENADO BRASILEIRO FOI O CHICO ANYSIO:

O cartão sai de cena, mas valores mais altos se alevantam...

– Só tem tantã! Só tem tantã!

Para desfrutar da nossa hospitalidade e provar nossa caipirinha, o presidente deposto, e expulso de Honduras, invade o país e nossa Embaixada em Tegucigalpa.

22 de setembro de 2009

"RECUERDOS DE YTAMARATY"

– Até aqui, tudo bem...

24 de setembro de 2009

CANTEM COM CHÁVEZ

30 de setembro de 2009

– Cucurrucucu... Zelaya!

Quem paga a conta? O povo, esse Paganini!

FRASE QUE GOSTARÍAMOS DE OUVIR:

– Fui!

1º de outubro de 2009

PINDURA EM HONDURAS!

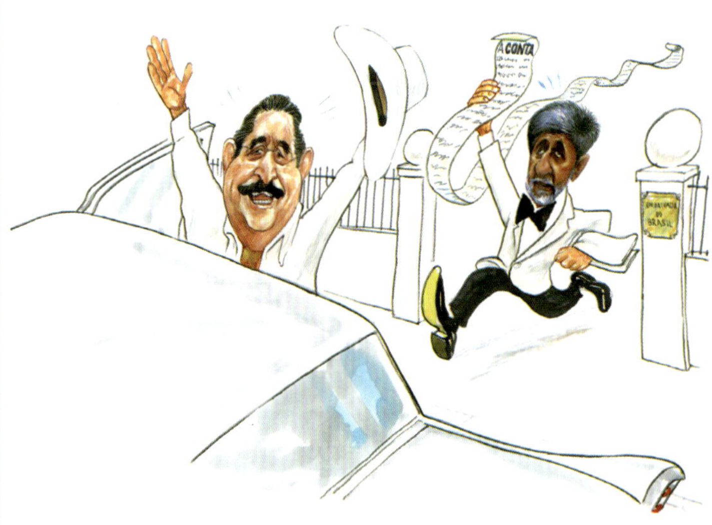

10 de janeiro de 2010

Jogos Olímpicos: vai começar a disputa...

5 de outubro de 2009

25 de outubro de 2009

E quem disputa, diz tudo sobre o Rio Olímpico: corpo em carrinho de supermercado, latrocínio a marteladas, tiro a helicóptero – haja espírito esportivo!

27 de outubro de 2009

26 de outubro de 2009

5 de maio de 2007

O DUELO

No seu apagão ou no meu?

12 de novembro de 2009

APAGÃO: TROPA DE CHOQUE

14 de novembro de 2009

AUTORITARISMO DE RESULTADOS PÍFIOS

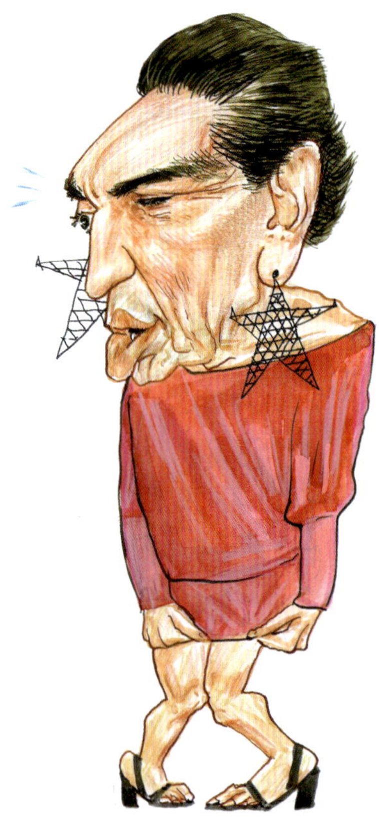

– Este assunto está encerrado!

13 de novembro de 2009

De repente, apagão: agora sim, vai ficar bão... Lobão nos traz velhas histórias.

NOVO CONTO DE FADAS (CURTO E GROSSO)

16 de novembro de 2009

– Lobão, por que esse apagão tão grande?
– Ô, Chapeuzinho... vai perguntar pra tua avó!

NOVO CONTO, CURTO, DE GROSSA FADA:

17 de novembro de 2009

– Seu Lobão, por que, prum apagão tão grandão, uma explicação tão pequenininha?
– Ô, chapéu, vai perguntar pra vovozinha!

PERGUNTANDO À VOVOZINHA

18 de novembro de 2009

– Por que botei lobão pra cuidar de apagão?
– Ih, minha filha, é uma longa história: era uma vez um bigodão...

E NAQUELE VELHO CONTO DE FADAS, QUEM FALTAVA... AINDA NÃO CHEGOU!

– Olá, atendendo a inúmeros pedidos, apresentarei "Eu caçador de mim".

20 de novembro de 2009

ENTREOUVIDO NAQUELE VELHO CONTO DE FADAS

21 de novembro de 2009

– Era o que eu temia: os três temores!

VOLTANDO AO VELHO CONTO DE FADAS...

– Lobão, isso é trabalho para os três porquinhos: chame Jader, Geddel e José!

27 de novembro de 2009

NAQUELE VELHO CONTO DE FADAS, OS TRÊS PORQUINHOS ENTRAM NO JOGO...

28 de novembro de 2009

– Calma lá, vamos negociar, vamos negociar...

AINDA NO TERRITÓRIO DOS CONTOS DE FADAS...

– Alto lá! A senhora é outra história!

30 de novembro de 2009

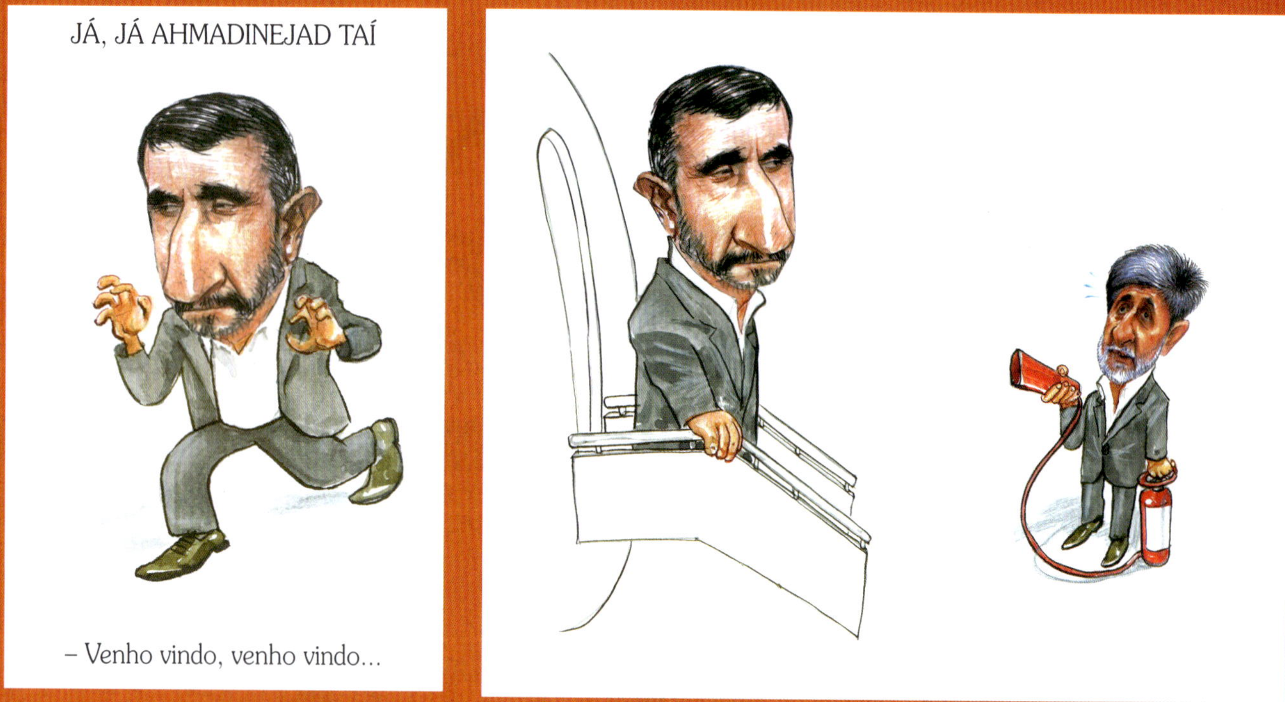

– Venho vindo, venho vindo...

22 de setembro de 2009

23 de setembro de 2009

Quem não vinha, chegou: o homem de cinza,
Mahmoud Ahmadinejad vem sem dizer a que veio...

24 de novembro de 2009

– Aqui entre nós, o Ahmadinejad é até fofo!

AMIGOS PARA SEMPRE

– Você vai gostar, Mahmoud, o pessoal é legal
e usa os mesmos métodos...

21 de junho de 2009

4 de março de 2010

ENTREOUVIDO DEPOIS DA FESTA

Amizade colorida de cinza dará frutos? Cogumelos, talvez atômicos!

19 de maio de 2010

– Ai, ai... onde estávamos?

FIGURINO

– Bom, a gente se vê por aí...
no barbeiro ou no alfaiate!

21 de maio de 2010

CANTE COM ARRUDA (COM GALHO DE ARRUDA ATRÁS DA ORELHA)

– Agora todo mundo comigo: "Então é Nata-a-a-l..."

2 de dezembro de 2009

Mas o ano não podia acabar assim, sem mais nem menos... o mensalão do DEM traz panetones e galhos de Arruda!

NOVO ANIMAL NA FLORESTA

Tartarruda Panetônica Papamaço.

3 de dezembro de 2009

12 de dezembro de 2009

PERSONAGENS DE NOSSO TEMPO

Os Srs. Dalai e Lama.

FANTASIA

18 de fevereiro de 2010

"NON-HABEAS-CORPUS": LEITURA DINÂMICA

– Que injustiça, até o ministro Marco Aurélio Mello é contra a Beija-flor!

13 de fevereiro de 2010

O governador do Distrito Federal vai pra cadeia em pleno carnaval!

– Ei, psiu, leva eu? Ou deixa essa mala aqui!

24 de fevereiro de 2010

E NO PROGRAMA PRÔ(CURADOR GERAL)

– Eu conversei aqui com o ex-governador de Brasília e... daqui a pouco a gente volta!

13 de março de 2010

RIMA E SOLUÇÃO PARA A CAPITAL DA NAÇÃO

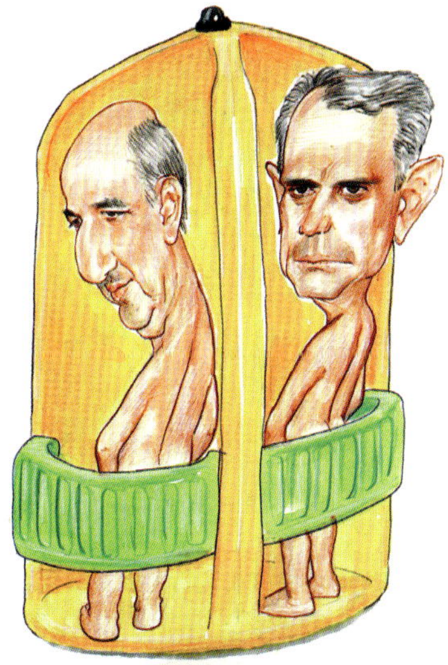

"Fraldão."

25 de fevereiro de 2010

Quando Arruda sai, Aécio pula do bonde presidencial.

ENTREOUVIDO NAQUELE BONDE ELEITORAL

18 de dezembro de 2009

– Fui!

ENTREOUVIDO NAQUELE TREM ELEITORAL

– Segura que a montanha é russa!

28 de dezembro de 2009

E SEGUE O BONDE

– Bom, já chegamos até aqui, não podemos recuar... mas onde isto vai parar?

12 de janeiro de 2010

O ano da eleição começa meio enrolado...

– Vamos em frente que atrás vem gente!

18 de janeiro de 2010

2 de janeiro de 2010

Chuvas e tragédias em Angra estragam o descanso dos companheiros...

5 de janeiro de 2010

6 de janeiro de 2010

O homem
e o isopor

9 de janeiro de 2010

PALAVRA DE ORDEM

– Sigam o cara!

8 de janeiro de 2010

EVOLUÇÃO: UMA SEGUNDA OPINIÃO

13 de janeiro de 2010

Tragédia no Haiti, enchentes em Sampa...

ENTREOUVIDO, LOGO ALI

26 de janeiro de 2010

– Alguém aí, me ajuda aqui!

ENQUANTO ISSO, NAQUELA CIDADE QUE NÃO PODIA PARAR...

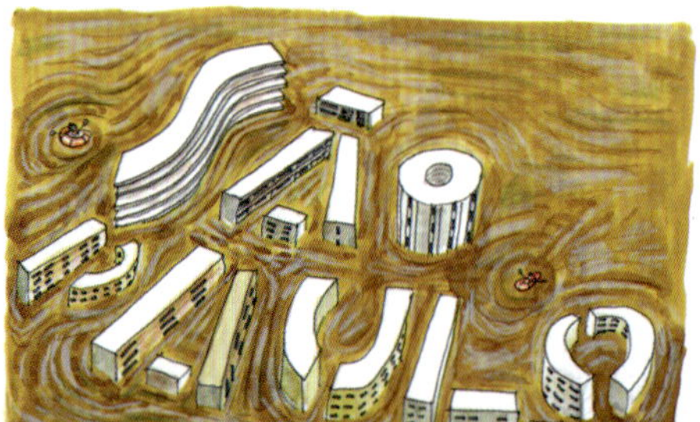

27 de janeiro de 2010

ENTREOUVIDO, LOGO ALI

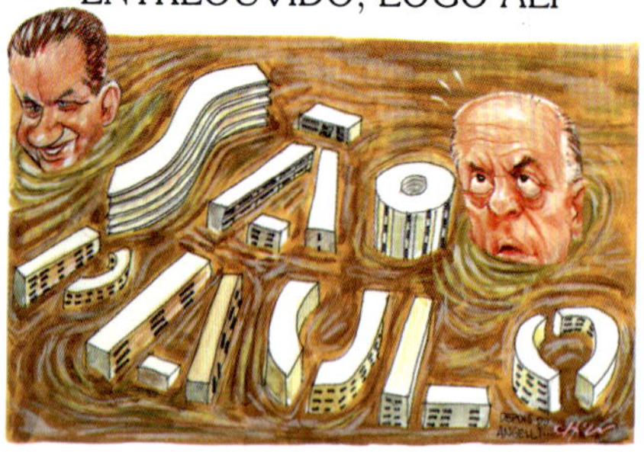

– São Pedro, qual é?

6 de fevereiro de 2010

ENTREOUVIDO, LOGO ALI

– Ô, marolinha, não! Nem livre associação!

8 de fevereiro de 2010

Tudo pronto para começar a nobre arte do pugilato político...

ENFIM JUNTOS

26 de março de 2010

– Recapitulando, não vale: dedo no olho...

REGRAS

27 de março de 2010

– Isto aqui, por exemplo, não pode...

REGRAS (2)

28 de março de 2010

– Isto também não pode ser feito, tá?

REGRAS (3)

29 de março de 2010

– Ó, isto nem pensar!

ENTREOUVIDO EM ÓRBITA

– Enfim sós!

1º de abril de 2010

E NA HORA H, NAQUELA PLATAFORMA DE LANÇAMENTOS...

– E aí, Meirelles, vai nessa?

2 de abril de 2010

E NA BASE DE LANÇAMENTOS DE CABO ELEITORAL...

– Pra quem fica... tchau!

3 de abril de 2010

ENTREOUVIDO NA BASE DE LANÇAMENTOS DE CABO ELEITORAL

– Snif, snif... Empresta o lenço?

5 de abril de 2010

Quem candidatou candidatou, quem não candidatou não candidata mais!

6 de abril de 2010

CIRO GOMES E O EFEITO LUIZ VIEIRA

– Sou menino passarinho com vontade de voar!

15 de abril de 2010

– Até aqui, tudo bem...

19 de abril de 2010

ENTREOUVIDO NO MERCOBUS

6 de maio ce 2010

– Esperem aí... Se estamos todos aqui, quem está dirigindo?

E VIAJANDO NA MAIONESE

– Vai mais pro centro, Ahmad, mais pro centro...

7 de maio de 2010

ENTREOUVIDO EM MAIONESETOUR

– Na boa, Ahmad: vai devagar...

8 de maio de 2010

SEGUE O BAILE

Mas, no Mercobus, sempre cabe mais um...

16 de janeiro de 2010

África do Sul, 2010: Jabulanis vão rolar... O estilo Dunga bota as manguinhas (e o Pato, e o Ganso, e o Neymar...) de fora.

É HOJE

– Aha-ham...

11 de maio de 2010

12 de maio de 2010

– Voltem em 2014!

13 de maio de 2010

SEGUE O BAILE

14 de maio de 2010

SEGUE O BAILE (2)

15 de maio de 2010

LULA EXPERIMENTA A JABULANI!

– Taí... gostei!

9 de junho de 2010

CHEGOU A HORA DO DUNGA BEBER ÁGUA!

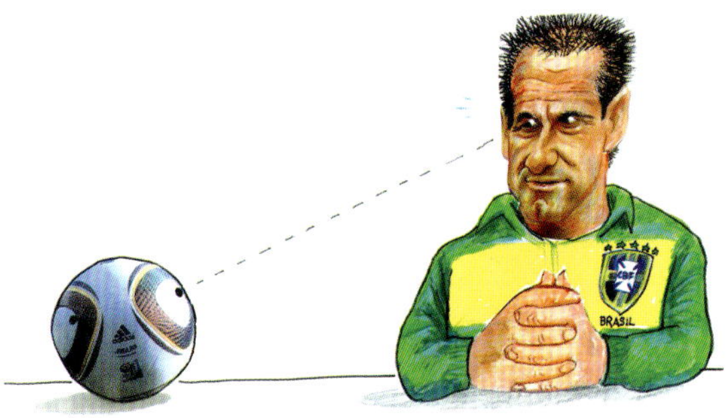

– E a senhora está olhando o quê?

16 de junho de 2010

ENTREOUVIDO ENTRE BOTÕES

– Ufa...

16 de junho de 2010

BRASIL SEMPRE INOVANDO

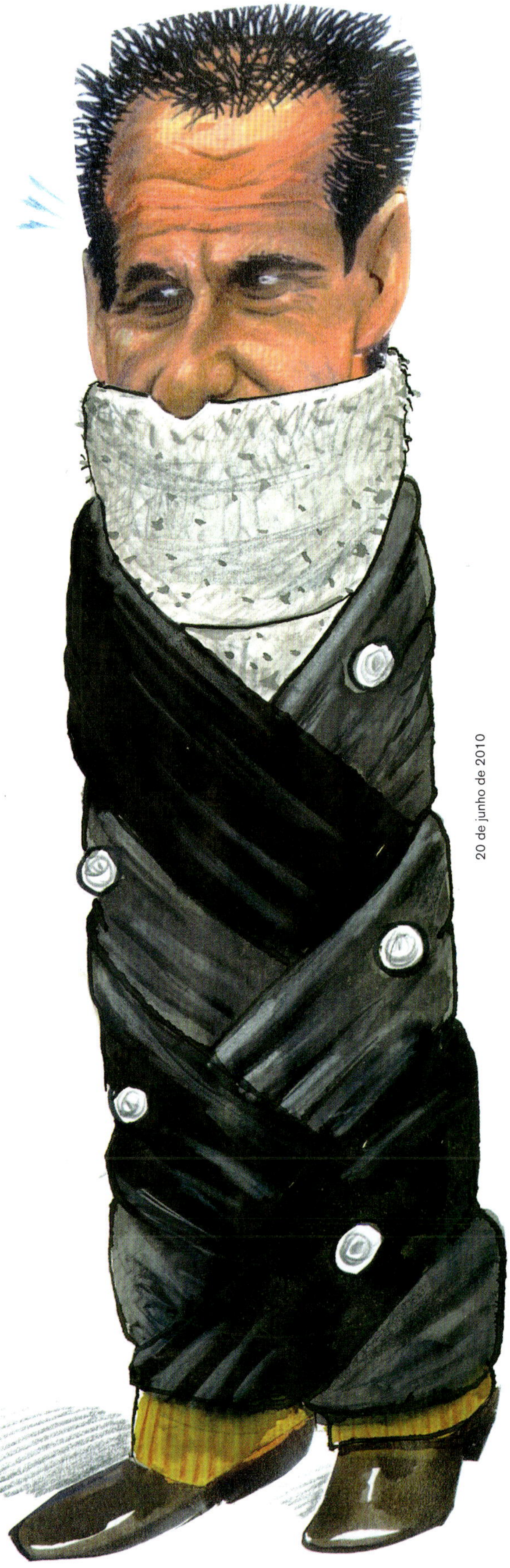

– Técnico rulê.

20 de junho de 2010

Dunga transforma até o bom moço Kaká em bad boy... Foi mal!

VALE A PENA VER DE NOVO

22 de junho de 2010

ESTILOS

– No meu convite estava escrito "Traje: futebol"...

17 de junho de 2010

SEM PALAVRAS

23 de junho de 2010

O DUELO EM DURBAN

Dunga enfrenta seu pior inimigo.

25 de junho de 2010

ENTREOUVIDO ENTRE TORCEDORES

– Joguinho Dunga, não?

26 de junho de 2010

FIM DO CONTO DE FADAS

– Já?

3 de julho de 2010

10 de julho de 2010

É HOJE!

11 de julho de 2010

A volta pra casa mais cedo deixa a final para a Holanda de Van Gogh e a Espanha de Picasso... deu Picasso!

12 de julho de 2010

ESCOLHENDO HERCHCOVITCH

Voltando à vida política, o país começa a busca por soluções estéticas com capilaridade...

– Hummm...
esse não!

DILMA ULTRAPASSA SERRA

– humpf...levantando cabelo, até eu!

PAPO TOPETE

– Dá uma muda?

ENTREOUVIDO ENTRE TOPETES

– Gostou? Foi o mais parecido com o Aécio que conseguimos...

– Mas que topete!
– Óia quem fala...

ENTREOUVIDO ENTRE BANDEIRANTES

1º de julho de 2010

– Vai José, que estamos atrasados! Pega um índio da costa desses e vamos embora!

Novo animal na floresta: Índio da Costa, vice tardio de José Serra, começa atirando, nas Farc, no PT, e...

FLECHA PERDIDA

– Foi índio, é?

20 de julho de 2010

E na política, como no futebol, sempre é chegada a hora de ter ideias...

PROPAGANDA ELEITORAL: IDEIAS

1º de agosto de 2010

– Vamos fazer um programa de índio?

QUE FAZER (1)

– Abrimos uma churrascaria?

29 de julho de 2010

QUE FAZER (2)

– Uma dietazinha?

30 de julho de 2010

QUE FAZER (3)

– Abrimos uma churrascaria-diet?

31 de julho de 2010

QUE FAZER (4)

– Façam o que quiserem, mas não fiquem encarando, que ele é muito invocado...

2 de agosto de 2010

3 de agosto de 2010

– Sacanagem, não se pode mais apredejar ninguém em paz...

5 de agosto de 2010

Enquanto Obama lá busca a paz unilateral, Ahmadinejad quer atirar a primeira pedra em mulheres. Lula lá interage...

4 de agosto de 2010

– Estou atrapalhando?

6 de agosto de 2010

O primeiro debate na TV Bandeirantes, com a mediação de Ricardo Boechat, põe a nu o candidato tucano.

8 de agosto de 2010

13 de agosto de 2010

14 de agosto de 2010

16 de agosto de 2010

ENTREOUVIDO NA GARUPA

– Isso pode?

17 de agosto de 2010

ENTREOUVIDO EM GARUPALÂNDIA

– Garupa ainda vai, mas... side-car já é sacanagem!

18 de agosto de 2010

A crítica à carona política não impede serra de usar a imagem de Lula em seu próprio programa eleitoral.

ENTREOUVIDO AINDA EM GARUPALÂNDIA

– Se querem saber, eu também não vou perder essa boca: acelera, Lula!

19 de agosto de 2010

15 de agosto de 2010

No horário eleitoral gratuito os candidatos tentam se apresentar mais apresentáveis...

16 de agosto de 2010

É HOJE!

– Dá licença, dá licença...

10 de agosto de 2010

Novo técnico, nova seleção, novos valores: Mano Menezes põe Ganso, Neymar, Pato e Plínio de Arruda Sampaio em campo...

SEGUE O JOGO

– Bem, como íamos dizendo...

11 de agosto de 2010

SEGUE O JOGO (2)

– Jovens, esperem por mim! Te cuida, Robinho!

12 de agosto de 2010

"CLINCH"

Treinando em casa, o tucano parte para o ataque. Pega mal...

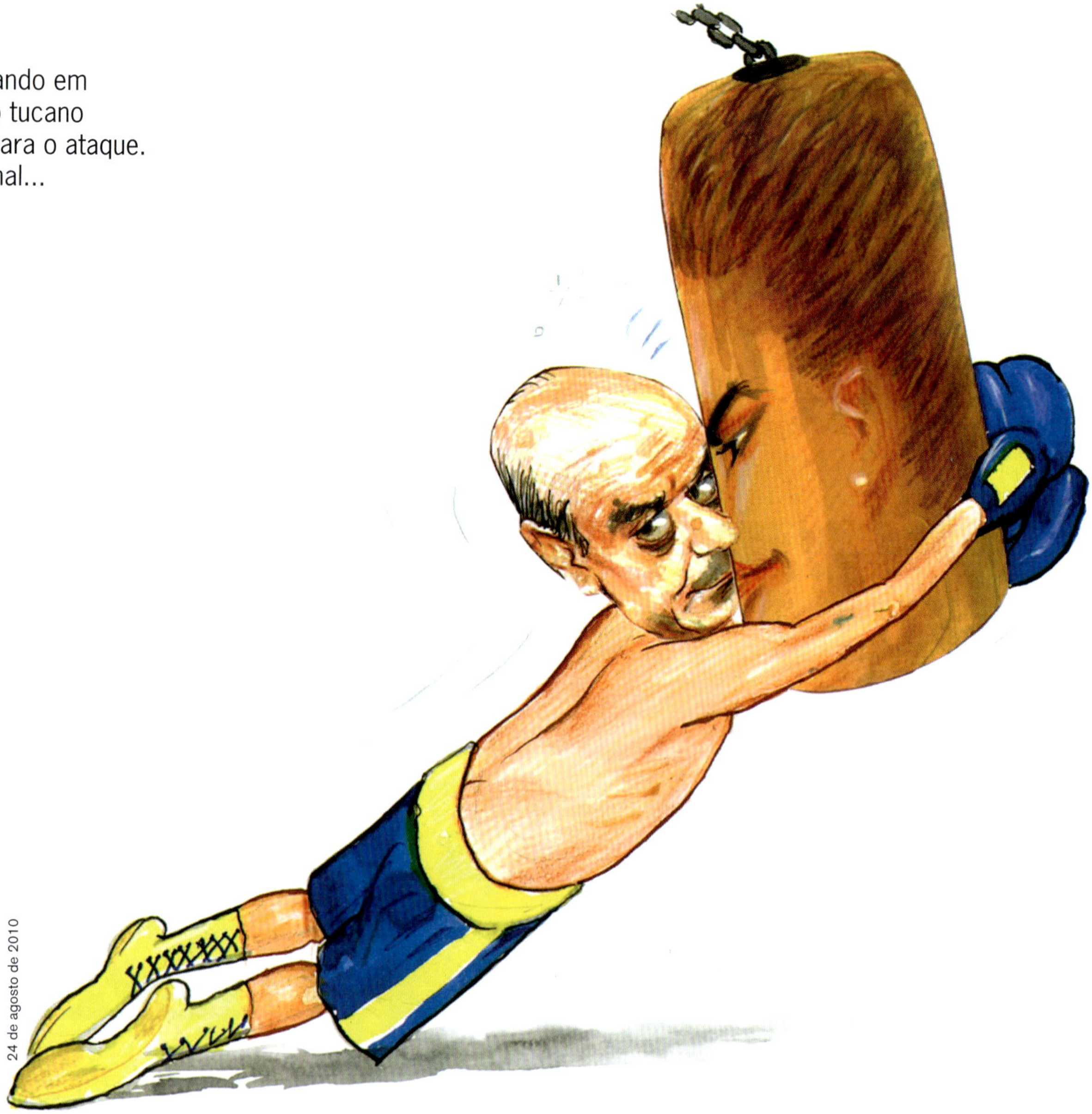

– Até aqui, tudo bem...

E CHEGANDO EM CASA...

Enquanto isso, a certeza da vitória no primeiro turno eleva o salto em altura da candidata do chefe.

25 de agosto de 2010

CONSTATATION-TION-TION

– Ah-ah: salto alto!

27 de agosto de 2010

3 de setembro de 2010

LUTA DE CLASSES: A GRANDE QUESTÃO

– Paramos no feriadão?

5 de setembro de 2010

A LUTA CONTINUA

– Isso pode?

6 de setembro de 2010

Pesquisas abalam certezas tucanas...

ECOS DO IPIRANGA, 2010

– Vocês me ouviram? Me entenderam? Pegaram o quadro todo?

7 de setembro de 2010

SOLTANDO A VOZ

9 de setembro de 2010

Sigilo vira monotema da bossa nova tucana. Lula corta...

11 de setembro de 2010

13 de setembro de 2010

No vale-tudo eleitoral, até neto vale.

12 de setembro de 2010

14 de setembro de 2010

Como raio em céu azul, o caso Erenice rompe o telhado de vidro da candidatura Dilma por sobre a queda de braço entre Temer e Dirceu

– Essas coberturas com telhado de vidro são um problema...

22 de setembro de 2010

CANÇÃO PARA ERENICE: CANTE COM JOÃO GILBERTO LULA DA SILVA

– Erenice, eu bem lhe disse, olha essa embrulhada
em que vais me meter...

15 de setembro de 2010

– Agora vocês tem que me dizer...
como é que nós vamos fazer?

18 de setembro de 2010

A indigesta amiga tem que ser defenestrada, não sem causar perdas além da amizade...

– Deixa que eu chuto...

17 de setembro de 2010

– A companheira perdeu
uma chance extraordinária
de ser a Dilma da Dilma...

24 de setembro de 2010

O varão entre as mulheres
faz um chamamento tardio:
dos carecas elas não gostam mais...

– Mulheres, vamos lá, mas... esperem por mim!

28 de setembro de 2010

ENTREOUVIDO BATENDO ASAS

– Mulheres, vamos lá, mas... esperem por mim!

29 de setembro de 2010

– Mulheres, não me deixem só!

30 de setembro de 2010

1º de outubro de 2010

2 de outubro de 2010

E assim os candidatos chegam ao dia da eleição: um varão entre as mulheres e um Plínio de Arruda a sapateá-los.

3 de outubro de 2010

SEGUNDO TURNO, PRIMEIRA COMUNHÃO

Atacada por questões religiosas, morais, bolinhas de papel, rolo de fita crepe e balões cheios de água, a eleição do segundo turno deixa o verde de lado pra cair de maduro...

9 de outubro de 2010

31 de outubro de 2010

– Ai, meu Deus! E agora?

1º de novembro de 2010

ENTREOUVIDO ENTRE PRESIDENTES

3 de novembro de 2010

– Ah, seja o que Deus quiser!